kodoku-na-yakata

孤独な館

義　万恵

kazue yoshi

文芸社

1

十九歳から援助交際をしていた彼女は、思春期から芽生える純粋な恋心さえ知らず、それが切実な問題だとも気づかず、また自覚するすべもないまま無為に時間が過ぎ去った。

真緒、十九歳の夏——。

真緒は、名古屋市の市立女子短期大学に通っている。

「ねぇ、喜代美、奈々、今日クラブ・キングで踊ろうよ！」

「OK！　いいよ。じゃ八時にキングで会おう」

学校帰りの三人は、ホームで電車を待ちながら、いつものように楽しく話していた。同じ短大を選び入学した三人は、電車で十五分の一宮市に住んでいる。

「ただいま～」

「お帰り」

「お母さん、今日、喜代美たちとクラブに行って来るね。お父さんには内緒ね。話したら、またお母さんまで怒られちゃうよ、この前みたいに。ホント、お父さんったらウルサイんだから」

「お父さんも心配しているのよ」

「とにかく、内緒にしてね」

父にはうまくごまかしてもらうように頼み込んだ。

矢崎真緒の家は、代々の地主で、二十年前に建て替えた立派な屋敷に住んでいる。厳格な両親を、真緒は敬愛している。

「行って来ま~す」

「喜代美さんの御両親にご心配させないように、早く帰りなさいよ」

「ハ~イ」

黒のキャミソールに、ミントグリーンのスカート、足元は、黒のピンヒールのミュールでキメた。

シンプルなコーディネイトだが、真緒の均整のとれたボディースタイルに美しく映える。

白い肌は、羨ましいほどにキメが細かく透き通っている。

「ハ~イ!」

「ハ~イ!　待ってたワ」

「二人とも何飲んでるの?」

「コークハイよ」

「じゃ私も!」

不景気にもかかわらず、クラブは賑わっている。

「あー、見て見て、あの二人カッコイー！　声かけてこよーっと！」

真緒は、気に入った二人を指差した。

「好きにしたら。よかったら連れてきてね」

喜代美は真緒に手を振った。

喜代美は、真緒の華やかな気質が好きだ。危なっかしいところはあるが、いつか自制するであろうと見守っている。

しかし、奈々は、そんな真緒にやきもきする。時々調子に乗り過ぎて、傷つき、自己嫌悪に陥っているからだ。先日も、諭すように説教したばかりであった。そして慰めてやったのに……。

真緒は、気に入った二人の男に近づき、目線を合わせるようにした。

すると、いつものように男の方から声をかけてきた。

「キミ一人？」

「違うけど、友達探してるの。なかなか見つからなくって……」と手馴れた演技をする。

「そうか。一緒に探してあげるよ」

好青年っぽい二人の目尻が下がった。

「嬉しい！　ありがとう」

そう言いながら、喜代美と奈々の待つテーブルに誘導した。

「あ、いたわ。あの二人が私の友達よ」

「こんばんは、今日は僕たちと遊ぼう」

「えぇ、いいわ、五人の方が楽しいもの。奈々もいいでしょ」

喜代美は奈々に目配せする。

「えぇ」

奈々は真緒が戻って来て、ホッとした様子だ。

こうして五人は、クラブで踊り楽しむ。

奈々は、時間が気になり、ふと時計を見た。最終電車ギリギリの時間だ。二人に、急いで帰らなくちゃと伝えた。

「私たち、もう時間がないの。またキングで会いましょうね、さよなら」

「あぁ、またキングで。さよなら」

五人は手を振った。

三人は、電車に飛び乗った。

たくさんの楽観的な話を、好きなように話していると、奈々は一言、こう言った。

「実は、健二さんって人から、電話番号教えられちゃって。この紙に書いてあるわ。明日必ず電話してねって」

用心深い奈々が!?　二人は仰天した。

奈々の話によると、健二は、大学二年で、一人暮らしをしていて、医者になりたいと希望しているらしい。今度は映画に行こうと誘われた、ということだ。

この日をきっかけに、奈々と健二は付き合い始めることになった。

駅に着き、喜代美の家に辿り着く。喜代美の両親を起こさないように、三人はそうっと部屋に入った。

朝方まで、学校の出来事や、恋愛について、そして夢について、あふれるエネルギーを放出するのだ。

喜代美は、卒業後、調理師の専門学校へ行って手に職をもち、自分の店を構えたいと語り、奈々は、ガーデニングに興味があると、胸いっぱいに語った。

真緒は、恋愛結婚して、素敵なダンナさんと一緒に外国旅行を楽しみ、優雅に暮らしたいと、遠くを見るような瞳で話し続ける。

二人は、それが一番良い、素敵な話だと、真緒を見つめながら、首を縦に大きく振り、真緒は、その夢がいかにも実現しているかのように想像した。

今日は日曜日。真緒は朝から洋菓子店でアルバイトがあるので、先に帰ることにした。

この日を境に、意想外な愛憎劇が始まり、真緒は欲望に囚われてゆくことになる。

2

「マスターよ、マスターが来るワ！　ほら、またあそこにＢＭＷ止めたわ。イヤーン、ドキドキしちゃう。今日は私がお相手するわ！」

店員の咲子が、いち早く言い放った。

ロシア料理店のマスターは、異国の香りを漂わせ、セクシーでミステリアスな雰囲気があると、洋菓子店の従業員たちの憧れの的だ。

「いらっしゃいませー」

「こんにちは」

真緒を含めた店員四人の瞳は、マスターに集中した。真緒は緊張しながらも、マスターがどのケーキを注文し、何を話すのかを想像すると、ワクワクする。

「ん？　真緒ちゃん、今日は顔色良くないねぇ。ちゃんと食事してる？」

ドッキーン！

みんなに聞こえたんじゃないかと思ったぐらい、真緒の胸は高鳴った。

これは「フェイント」をかけてきたんだ、と自分に言い聞かせた。

棒立ちで口だけが動く。

「あ、あ、あのぅ、昨晩夜ふかししてしまって」

「そうか、じゃあ今日、みんなで焼肉でも食べに行くか」

「うわ～、行きます」

みんなは大喜び。真緒もビックリした。

八時にマスターの指定した焼肉店に集合した。炭火の焼肉は、食欲も増し、ビールも進む。それにマスターの話は興味津々の内容だ。ロシアで起こった珍事件を、如才なく面白おかしく話しては、その場を盛り上げた。

みんなは、お腹いっぱいになり、お礼を言った。

真緒は、ヘロリンと酔っている。

そんな真緒に、マスターは耳打ちした。

「真緒ちゃんは外で待ってて。車を回すから」

突然のささやきに、動揺の酔いも回った。

何？　何？

店を出て、ソワソワしながら店先の歩道でマスターを待っていると、いつものBMWが真緒の前に現れた。窓を下げたマスターが言った。

「真緒ちゃん、送って行くよ。乗って」

真緒の足は素直に前に動いた。自分の軽自動車とは違う重いドアを開け、助手席に座った。

「家はどこ?」

「一宮市です」

気恥ずかしさにうつむき加減の真緒に、

「良かった。少しドライブ出来るね」

彼女の緊張を和らげようとする口調だが、真緒は固まったまま、

「あ、いえ、いえ、はい……」

「ハッハッハ。さっきの勢いはどうしたの? 笑っている顔、かわいかったよ」

「ありがとうございます。少し動揺してるみたいです」

「そうか、ごめんね。突然だったね。でも僕は、前から、こういう日が来るのを思い描いていたんだ。いつ、こうして誘おうかと、ずっと考えていたんだよ」

ＢＭＷは渋滞していない道路をスムーズに走る。

三十八歳の既婚者のマスターは、以前から真緒に興味があったという。

「キミは、立っているだけで艶やかで、人を自然に魅了する雰囲気を醸し出す。そしてエネルギッシュさを感じさせる。そんなキミを解明したいと思ってね」

マスターは、優しさと巧みな話術で、真緒のスキを探した。そして、すぐさまスキを見極め、落とす。

車はもう真緒の家の近くで止まっているというのに、マスターは意味ありげにハザードをた

いた。二人の乗ったＢＭＷは、後ろからくる車のヘッドライトに照らされる。

「どこか涼しい場所に行きたいね」

「私、山へ行きたいわ。涼しい所」

マスターはニッコリと真緒の横顔を見つめ、

「いいよ、ガソリンを満タンにしよう！」

真緒もニッコリとマスターの方に体を向け、

「嬉しい。何を着て行こうかしら……」

「虫に刺されない服がいいかもね」

「そうね」

「じゃ、登山用の服、買ってらっしゃい」

涼しい顔でそう言うマスターに、

「登山だなんて、おおげさよ」

と真緒は目を丸くしながら返した。

するとマスターは、財布から五万円を抜き出し、真緒の手に握らせた。

真緒はびっくりしたが、疑うことなく、満面の笑顔をつくった。

「ありがとう、嬉しいー。本当にいいの？」

「いいよ、好きな物買っておいで」

マスターはそう言いながら、真緒のピンクの口紅をひいた丸い口唇に、そっと触れた。

真緒の身体の一部分である口唇は、一気に火照る。真緒は欲しかったが、マスターはそれ以上は真緒の欲情を満たしてはくれなかった。

次回会う約束をかわし、車から降りた。

「ただいまー」

部屋のドアを閉めた。二階の八畳の部屋は、優しいオレンジ色に統一してある。ベッドカバーはチューリップのかわいらしい花模様。本棚は、入学祝に祖父からもらったものだ。曲線の使い方が独特な天然木のテーブルは、部屋の中央に置かれている。

真緒はドレッサーに顔を映してみた。ものたりない口唇を、そっと人差し指で撫でながら。

3

次の日、学校帰りにデパートへ行き、好きな洋服に、ジーンズ、シューズを、マスターにもらったお小遣いで買い揃えた。

約束の日は好天気で、待ち合わせの場所に着くと、いつものＢＭＷが待っていてくれた。足早で車に近づき、気分良く車に乗り込む。

「おはよう」

「おはよう」

「今日はこんなに天気が良いから、富士山でも見に行こう」

「富士山？　うん行く！　友達が富士の近くに住んでいた時があって、なんだか七色に変わるって話を聞いたけど、本当かしら。本当なら素晴らしいでしょうね」

「七色に？　それは凄いね。住んだ人にしか分からないだろうね」

富士山に続く高速道路のアスファルトを走る。真緒は愉快になる。

そして富士の山をドライブし、まぶしく輝く景色を堪能してしばらくすると、真緒のお腹はキュルルと鳴った。

「マスター、お腹すいた」

「そうだね、食事にしよう」

魚たちが生簀の中でスイスイ泳いでいる。

真緒はさしみ定食を注文し、マスターはトンカツ定食だ。

「どうしてトンカツなの？」

「いやいや、生ものはちょっと苦手なだけだよ。真緒ちゃんは、わさびをたっぷり付けて召し上がれ」

「たっぷり～、そうね、このぐらいつけてみようか……辛い！　でも美味しい」

わさびをつけ過ぎ、辛さに眉をヒクヒクさせながら、こう言った。

「マスターってモテるでしょ？」

マスターは真緒の突然の「変化球」を受け止めた。

「アッハハ、モテるかぁ。モテると言うよりモテたかったかな。若い頃は、それはもぉ一生懸命だったよ。どうやって女の子を口説こうかなって、思いを巡らし、知恵を絞ったりもしたね。昔、笑わない女性がいてね。その人が、お腹かかえて今にも転がりそうに笑ってくれた時は、さすがに嬉しかったよ」

マスターは、女性を笑わせたり、泣かせたり、淋しがらせることは簡単だと言う。

「でもねぇ、鳥肌を立たせてやるのは、容易じゃないな。まだまだ未熟だね」

「鳥肌！　今、それ聞いただけで、ゾクッとしたわ」

「ハハ、そうか。それは嬉しいねぇ」

そして夕日が差し込む中、家路につく途中に寄り道をした。

ライトを落とした部屋。

流れるＢＧＭ。

かすかな緊張の色。

なまめかしいムードが漂う。

真緒は、あの日の口唇を思い出し、ゆるやかにねだりだした。

マスターは、欲しがる真緒の口唇に引き寄せられる。

彼の舌は、焦らすように真緒の上を這う。そして……。

真緒は絶頂に導かれた。それは初めての歓喜だった。

4

秋も深まり、人恋しい。

寒くなると布団から出たくない。余計に朝の身支度は忙しい。

「おはよう～」

息を切らし、ホームで待つ奈々に会った。

「おはよう～、真緒。今日もオシャレだね。最近高級な服だよね。そのピーコートもすごく似合うわ。でもどうして買えるの？」

「買ってるんじゃないわ、もらってるの。アルバイト先に服をたくさん持ってる人がいて、その人からもらったり、安く売ってもらったりしているの」

とっさに嘘をついた。

奈々に嘘をついたのは初めてだ。

心は今、ゆがんだ円形をしているだろう。

顔がヒクヒクしていないか、妙な話し方になっていないか、不安にもなった。

季節も色とりどりのお洒落を楽しむ。秋衣装、冬衣装、そして春衣装。

三人は、それぞれ学生生活を満喫し、光陰矢の如く、時間は惜しみなく過ぎ去った。

三人で、カウントダウンした卒業式だ。

手と手を取り合い、〝お婆さんになっても仲良く〟と誓う。

喜代美は、調理師の専門学校へ入学が決まった。

奈々は、健二の勧める会社に入社する。

真緒は、迷った末、デパートに勤めることにした。洋服売り場の店員になって、服のセンスを磨きたいからだ。

マスターからのお小遣いで、好きな物は買える。さすがにセンスをきわめていった。この頃には、マスターから卒業祝にもらった高価なバッグも、背伸びをしながらも使いこなせるようになった。

しかし、最後に会ってから二週間もたつのに、マスターから連絡がない。真緒は、連絡を取った。思いがけず、「忙しくて、なかなか会えない。ごめん」と電話を切られた。その晩はボーとした。たいして気にはならなかったが、日に日にマスターに依存している自分を感じた。服は買えない。エステのローンは残っている。先のことも考えず、気のおもむくままに行動した愚かな自分を知った。

初めて誰かに相談したくなった。

誰に？　誰に？　誰に話すの？

誰が聞いてくれるの？

こんな話、恥をかくだけだわ。酒のつまみになるだけよ。

喜代美は？

喜代美なら、何か意見でも言ってくれるかも。

意を決して携帯電話を取り出し、喜代美の番号を押した。

「喜代美、元気？」

「私は元気よ。真緒は？　きっと磨きをかけて、より一層美しくなってるんじゃないの？」

久し振りに聞く喜代美の気さくな声に安心した。

センスは磨いていると言ったら、喜代美は喜び誉めてくれた。そして、専門学校もそろそろ卒業で、学校で習った調理の仕方やら、新しい友達が増えたという話を、とても楽しそうに話してくれた。

苦労話より、羨ましい話の方が真緒は好きだ。

喜代美の楽しそうな顔が目に浮かび、共に喜びたいと思った。しかしそう思う半面、焦りと妬みが入り交じった気持ちになった。とても今の自分を話せる状態ではなかった。

喜代美の話は続く。奈々も元気で、健二さんは外科医になる夢に向かって努力し、奈々と結婚を前提とした付き合いに発展したらしい。

真緒は「うんうん」と、さも感心しているかのように返事をするが、心の中では「今の私は、まやかしよ」ともう一人の自分がささやく。

真緒は、屈折してゆく。

(もう電話を切りたい)

(もう電話を切りたい)

それでも月末に三人で会う約束をし、携帯を閉じた。


「久しぶりー!」

「カンパーイ!」

居酒屋は賑わっていた。

真緒は、目立たないようにと、ベージュの千鳥柄のワンピースを着た。それでも居酒屋では派手だった。白いシャツにジーンズにしておけば良かったと後悔した。

三人は、学生時代の懐かしい思い出話で盛り上がった。

真緒は授業中に居眠りをして寝言を言ったのが先生にまで聞こえて怒られたとか。毛糸のパンツをはいていたとか。ブリーチの時間が長すぎて金パツになって一日中恥をかいたとか、面白い話は絶え間なく続く。

「そうそう、奈々、健二さんとは、どうなってるの？　喜代美から結婚するかもって聞いているけど……。しかし、あのクラブからね～。う～ん運命のキングね」

「健二さんは、相変わらずかっこいいわ！　最近は、二人で結婚のイメージをするの。でも昨日の私のイメージは、どんどん幸せが膨らんでいって、もっともっとと思ったら、欲になって、幸せがプレッシャーに変わっちゃったの。そしたら健二さんが、どんなイメージをしたの？僕は、ちっちゃな二人の物語をイメージするけどね。ハッハハ、僕は気が小さいのかなって」

喜代美は、奈々の話に首を縦に振り続けていた。首にシップが必要になるくらいだ。

喜代美は、調理師免許を生かし、就職したいと言う。奈々も喜代美の話に大きくうなずく。

真緒はどんどん屈折していく自分と、瞳を輝かせる彼女たちとの距離を感じ、ますます自分を卑下していった。

もう今の笑い顔は、楽しい笑顔ではない。自分自身のバカさかげんに笑っているのだ。

エステに宝飾品にバッグ。しめて百万円。私はローン地獄に追われる女だ。

真緒は、ビールを呷った。

「あぁ～、もうベロンベロン。酔っちゃった。もう帰る。楽しかったわ、また会いましょう」

突然切り出した言葉に、喜代美と奈々は当惑したが、一緒に会計を済ませ、それぞれ帰宅した。

5

マスターは心境はこうだったという。

最後の電話は、彼女に対して申し訳ないことをしてきた気持ちと、誤算があったことに気づき、「ごめん」の一言で打ち切ったのだった。かわいらしい彼女に興味を持った。今更ながら、「汚れのない娘」だから光って見えたことに気づいたのだった。それを、俺がどんどん貪欲な女に変えてしまった。ミエをはる姿が見ていられなくなった。「出合った頃の真緒に戻れ」という説得力のない言葉は言えるはずがない。そのまま携帯を閉じたのであった。

真緒は、突然彼がいなくなり、お金が入らなくなって苛立ったり、不安になったり、頭の中は狼狽している。

いつまでもマスターは、自分の側にいないと知りつつも、彼を求めた自分を責めている。そして、時間とともに彼からお金へと心が移った。そんな自分を目の当たりにした。

6

真緒は、いつものように通勤し、ローンの支払いのため働いた。そんな、ある日。

客が広げた洋服をきれいにたたみ直し、棚にしまっていたところ、同僚で一歳年上の典子が近寄って来た。

「真緒ちゃん、週末、予定入ってる?」

仕事場では気が合う仲だが、個人的に誘われたのは初めてだ。

「いえ、入ってないですけど」

口をポッと開けたままの真緒に、

「そう良かったわ。私に付き合って欲しいの」

典子は、彼氏の田村公平と真緒と三人で楽しく飲みたいと言うのだ。

楽しく……真緒は苦しい思いが顔に出ないように気をつけながら話を聞いた。

「彼ったらね、最近二人で飲むのは、つまらないって言うのよ。ひどい人でしょ。でも、私も、それには同感しちゃって、公平に、かわいい子を連れて行くって約束しちゃったのよ」

かわいい子……その言葉に顔を思わず歪めてしまいそうになった。

私のどこを見て、かわいいと言うのですか?　と聞きたかった。

典子は、真緒より少し身長が高く、スラリとしていながらも胸の膨らみが女を誇示し、白くてハリのある肌は、真緒ですらうっとり見とれる時があるほど美しいのだ。

一度は断わったが、典子の強引さに、真緒は引きずり込まれてしまった。

ローンの返済だけに追われる日々が、六カ月続いている。

顔の筋肉も硬直して、うまく笑えるか不安だった。真緒は、三日後の土曜日まで、朝晩鏡に向かって笑い方の練習をくり返した。

「あー、滑稽だわ。うまく笑えないし、かわいくない。後ろ姿はまぁまぁねぇ」

鏡に後ろ姿を映す。

「鏡もかわいそうね、ブスな私で……そうだわ！　後ろ姿で挨拶しようかしら。そしたらブリッジの練習ね、う〜っと、こんな感じで」

ブリッジをしながら鏡に少しだけ顔を見せた。

「ハァ！　久し振りにエビゾリしたわ。痛いけど、まだ体は柔らかいわ。これで好印象ね、OK！　名付けて、〝エビゾリアイサツ〟」

真緒は約束の日が近づいてくると、ワクワクし始めた。肌や着て行く服も気になり出した。

そして約束の土曜がやって来た。

「彼と三人で飲む前に、お昼も一緒に食べない？」

真緒は典子からそう誘われ、今、一緒にうどん定食を食べている。

真緒は、今晩行くことになっている、ホテルの最上階にあるロマンチックなバーを想像すると、楽しみで緊張しちゃうと話した。

三日間の顔の運動の効果もあり、頰は柔らかく素直に上がる。目尻も口元も楽しげに見せられるようになった。

食事を終え、コーヒーが飲みたかったが、典子は「早く見せたい物がある」と言い、早々と二人分の勘定を済ませ、真緒を引きずるように更衣室に連れて行った。

典子は、自分のロッカーを開け、大きな袋を取り出し、真緒に手渡した。

「これ、着て見せて。きっと似合うわよ。今日の誘いに乗ってくれたお礼よ」

それは、真緒のお気に入りのブランドだ。

「え？　私に？」

「そうよ」

「うれしい！　着てみるわ」

ジャケットは、淡く艶やかなピンクに、五色のカラーがミックスされたファンシーな素材だ。スカートはちょうど膝が見え隠れする位置だ。椅子に座れば、太ももが色っぽく見えるだろう。白のレースのインナーのブラウスは、胸元に視線を集めそうだ。

「かわいい〜。良かった、ピッタリよ。良く似合うわ。実は、彼の友達も来るそうなのよ。今日は、四人で楽しみましょう」

真緒は、その言葉に素直にうなずき、洋服のお礼を言った。

二人は、更衣室で化粧を整えた。もらったピンクのジャケットのコーディネイトは、真緒のボディーラインに吸いつくようにフィットしている。

典子は、ブラウンのルージュをひいた。ボリューム感のあるベージュのトップスとタイトなボトムは、典子のセクシーさを引き出している。

タクシーで、二人の待つバーへ出かける。

「いらっしゃいませ」

ライトダウンされた店内。色とりどりのキャンドルが灯るテーブル。その向こうには一面の夜景が広がっている。抜かりなくオシャレをした彼女たちは堂々と椅子に腰掛けた。

彼らもまた二人の魅力に負けてはいない。バーの中でも一際目立っている。

「こんばんは」

最初に挨拶したのは、典子の彼氏の田村だ。想像していたよりも、落ち着いて見えた。黒のスーツが甘いマスクにフィットしている。

隣に座る男性が紹介された。その男性は、にこやかに自己紹介をした。

「木枝です。木枝清二です」

体育会系だと本人は言うが、すらりとした鼻筋と小麦色の肌。赤ワインのグラスを口元に近づけるときの雰囲気は、まるで人気のあるホストのようだ。がっしりとした体型のホストは真緒の好みで、ワインと共に自然に顔がほころんだ。

木枝は、真緒に赤ワインを注ぎ、ブルーチーズを勧め、フォークに刺し、真緒の口元にもっていった。

顔を赤らめ、ポッと口を開ける。パクリ。恥ずかしそうにうつむきかげんにして味わう。カビの香りが鼻に抜け、舌をとろけさせる。その口にワインを含む。

「美味し〜い！　トレビアーンよ！　最高！　今を生きているって証しだわー。ほら食道まで美味しいわ！　木枝さんに会えて良かったわ〜」

「おおげさだな〜」

「でも本当よ。仲良くしましょう」

真緒は手を差し出し、木枝に握手を求めた。木枝は、がっちり真緒の手を握り、二人は、典子たちそっちのけで、目と目で合図を送り合った。

男女の友情は存在する。二人は確信する。

典子と田村も、二人の仲の良さに酔わされた。

四人はバーを出て、街をぶらついた。

「私、もう一軒行きた〜い」

真緒は酔いにまかせ、スキップしながらそう言うと、典子がタクシーを止めた。

「そうね、真緒ちゃん、私のアパートで飲みましょう。シャンパンも冷えているし」

真緒を先にタクシーに乗せ、田村と木枝に挨拶し、典子は真緒の隣に乗った。ドライバーに行き先を指示し、発車した。

「あら？　木枝さんたちは？」

「今日はもう遅いから、二人で飲みましょう」

真緒は少しがっかりしたが、もう駄々をこねても遅い。

典子のアパートに着いた。2LDKの余裕のあるスペースに、シルクのグレーのカーテンに、ベージュの革張りのソファー、天然のパイン材を使ったお洒落なテーブルがある。部屋全体に落ち着いた雰囲気がある。

典子はシャンパンとグラスを、そのテーブルに置き、コルクを景気良く〝ポンッ〟と抜く。ニコニコしながら真緒はグラスを少し傾け、注いでもらえるのを待つ。〝シャワシャワシャワー〟薄黄色の泡も楽しげに出迎えてくれる。

〝シャワシャワシャワー〟

お互いのグラスに注ぎ入れ、二人のグラスを合わせると、美しい音色も、今日の気分を出迎えてくれた。

シャンパンは二人の喉の渇きを癒す。

「あ～美味しい～」

二人は声を合わせる。

しかし、典子の楽しげな顔から、思いもしない発言が飛びだした。

「真緒ちゃん、ずっと様子をうかがっていたけれど、入社時より、かわいくなくなったね」

露骨に言われ、困惑した。答えを探す間に、さらに突っ込まれた。

「人に話せない何かあるんじゃないの？　話しちゃいなさいよ、明日にはホッペの吹出物も治っているわ」

受け入れてくれそうな彼女に、今までのことを洗いざらい打ち明けた。援助交際し、お金は入ってくるからと悠長に考え、ローンまでたくさん組み、そして友達にも嫉妬し、今の自分自身が嫌いで情けない、と。

「そう、それは大変みっともないわね……。でも、その彼とは終わったのでしょ。それなら、もうくよくよしなくていいわよ。ローンはキツいけど、自分のおとしまえと思いなさいよ」

キツい言い方で、あっけらかんと、ものぐさな仕草でシャンパンを注がれると、真緒は、今までのことが、風に飛ばされたような、ぐさりと傷ついたような、元気になったような気分になった。違和感はなかった。

典子は、真緒が眠くなったのを敏感に察知し、シャワーを浴びて、ベッドに行くように促した。真緒が素直にシャワーを浴びていると、典子が入って来て、髪を洗ってくれた。

バラの香りのシャンプーと滑らかな彼女の指は気持ち良い。真緒も同じように、彼女の髪を丁寧に洗った。

セミダブルベッドの羽毛布団に、二人は、クスクスと笑いながら潜り込んだ。

「あ〜誰かとキスしたいっ。いいわね典子さんは。公平さんていう素敵な彼がいて」

「そうね」

典子は得意げな顔をする。

「いゃ〜ン羨ましい、きっとワインみたいなキッスをするんでしょうね」

「ワイン？」

「そうよ、美味しいキッスよ。私もしたい〜！　今すぐにしたいー」

足をバタバタさせる真緒に、

「じゃ、近いうち〝紳士〟を紹介してあげるわ。待っててね。今日は仕方ないから私がしてあげようか？」

「うん」

典子は真緒の頬にかわいく〝チュッ〟とした。二人は、照れ笑いしながら眠りについた。

目を覚ますと、コーヒーの香りが部屋を包んでいる。真緒は香りを楽しむ。

「真緒ちゃーん、起きて、仕度しなさいよ、トースト焼くわよ」

「ハーイ」

出勤前に余裕の時間があるなんて、初めてだ。真緒がコーヒーを啜っていると、典子が、サファイヤのピアスと、ベージュのコートを持って来て、

「これあげるわ。まだ使ってないの。あなたの方が似合うわ。遠慮しないで」

真緒は目を丸くし、部屋全体を、もう一度、見渡しながら、腕に受け取ったコートを目の前で広げ、

「どうして、典子さんは生活に余裕があるの？」

「……そう見えるかしら？　生命保険が少し入ったのよ」

「生命保険……？」

質問しようとしたところ、

「もう時間がないわ、早くしましょ」

典子がさえぎるように話を打ち切った。真緒はもらった物を身に付け、出社した。

この頃から、典子に一層優しくされ、物もよくもらうようになった。

7

「お疲れ様でしたー」

「お疲れ様でしたー」

真緒が仕事を終え、駅に向かっている道中、電話がかかってきた。携帯のディスプレイには、見覚えのない番号が並んでいる。

真緒は戸惑ったが、電話に出た。

「もしもし?」

「真緒さんですか? 松原典子さんから、あなたを紹介されまして」

淡々と自己紹介するのは、三十歳の国内パイロット、沢田国彦だ。

あの晩の典子の話を思い出した。〝紳士〟を想像する。

沢田は、まわりくどいことは一切言わず、

「では、紹介されたのだから、一度お会いしましょう」

低音で色気のある声に、真緒は体中の感覚が刺激されるように感じる。

唐突な誘いに狼狽することなく、「ええ」と答えた。

寂しくて空しくて人恋しい自分には拒否する理由がなかった。そして何より、マスターと別れてから崩れてしまった自分の生活に「証し」というものがほしかった。


三週間後の約束の日がきた。

あれから一本の電話もない。

しかし、真緒は、不思議に不安にもならず、時間に遅れることなくデパートを出た。

繁華街の中心にある噴水に辿り着くと、携帯電話が鳴った。出ようとすると、切れた。すると、隣にいた男性が声をかけてきた。

「矢崎真緒さんですね」

「はい」

「典子の話通り、目立つ人だ」

真緒は、沢田を頭から爪先までじっくり眺めたかったが、あまりにもカッコ良くて、恥ずかしくて、目をそらしてしまった。

身長は百八十センチ近くで、しっかりとした体格。何よりまなざしに色気があり、何かを訴えかけてくるような……。

一瞬で魅せられた。

身体中に音楽が鳴り響く。両腕を広げクルクル回りたい。

〃フランス映画のワンシーンのようだわ〃

激しくこみ上げてくる欲望をグッと抑え、沢田の横にさりげなく付いた。

「何か食べたいものある？」

「……何でもいいです」

色気のある沢田の瞳に見つめられるとドキドキして何も考えられない。食べ物に〃何でもいい〃なんて返事をしたのも初めてだ。

「じゃ、僕に任せてもらえるということで」

二人は地下鉄に乗り、隣の駅で降りた。駅を出ると、沢田は目の前にある料亭に視線を向け、

「あのお店はどうかな？」

「えぇ嬉しいわ」

趣のある暖簾をくぐると、「いらっしゃいませ」という品のよい声で、和服姿の女性店員にテーブルへ案内された。

テーブル、しょうゆ差し、花瓶のひとつひとつに、こだわりが感じられ、贅沢な雰囲気を醸し出している。

沢田が頼んだ〝月の御膳〟は、旬の味覚と鮮やかな彩りで、真緒の心までもてなしてくれる。豪勢な伊勢エビは、会話を弾ませる格好のタネだったのだが、真緒はドギマギして、言葉もままならない。頭悪い女と思われてるに違いないわ、とエビに呟きながら、それでも会話が途切れないように、懸命に努力した。

「絶対に今日は疲れるわ、頭もハートも働き過ぎ。頭に油でもさしてくれればよかった。回転ぎこちない〜」

うっかりと、思ったままを話してしまった！

「アッハハッ頭に油か、俺にもさして欲しいねぇ。二人で回転良かったら、さぞ面白いことになりそうだ」

「じゃ、油をいっぱい注ぎましょ」

「よし！　ゆく先が楽しみになってきたぞ」

二人は存分に海の味覚を楽しみ、料亭を後にした。

一緒に歩きながら、真緒は沢田をチラチラと見上げる。

それに気づいたのか、沢田は、

「二人の時間は広がるよ」

真緒はヘナヘナとなった。腰の力が抜けそうだ。

二人は、ライトアップされたショットバーに入った。

カウンターに進んで、白いワインのコルクを抜いてもらう。

沢田が注文したガーリックトーストと、りんごのタルトが、カウンターにすぅっと置かれた。

「アペリティフカナッペと、アンディーヴのタタンで、フランス料理では一般的なんだよ。少し食べてごらん、美味しいよ」

その諭すような口ぶりと魅力的な横顔に、真緒は翻弄され、どこかに迷い込みそうだ。

時間がたつにつれ、

（この人は危ない、ハマるかも、この人にどうしてここまで吸い込まれてゆくの？　怖い）と感じた。

突然、心にもないことを言ってしまった。

「沢田さん、私、帰ります」

「酔ったの？」

「ええ、少し」

「そうか、もう少し一緒にいたかったが、仕方ないね。送るよ」

タクシーを一台呼んでもらい、外に出た。

「私、一人で大丈夫です、ごちそうさまでした。さようなら」

タクシーに一人で乗り込み、すぐに発車してもらった。

振り返ると、沢田は、もう後ろ姿になり、去っていくところだった。

8

それから数日経つが、沢田からの連絡はない。

真緒は複雑な思いで携帯電話を見つめた。

(もしもかかってきたら、私は断わるのよ。惚れるより、惚れられろよ)

そう言い聞かせながら、沢田の番号を何度もディスプレイに映し出す。

(帰り際が悪かったのね、あれでは、私の気持ちをくみ取れる訳がないわ……まさか、やっぱり惚れたかも、本当は会いたい……どうしよう)

そして、初デートから三週間目に入ったばかりの朝だった。

目覚まし時計をとめ、ボーッとベッドに座っていると、携帯電話が鳴った。真緒は腰を浮かせた。沢田からの着信だ！　電話を見つめながら、気持ちを落ち着かせる。六回目のコールで出た。

「もしもし、おはよう」

久し振りだというのに、毎日の挨拶のようにさりげなく言われ、つい真緒も「もしもし、おはよう」とおうむ返しをした。

「今日の八時半、噴水の前で待ってるね」

「でも……」

「でも、何？」

沢田は一呼吸置いて、また続けた。

「大丈夫だよね、聞こえてるよね、待ってるからね」

優しく尋ねてきた官能的な低音に、真緒はやはり断わりきれなかった。

「……では噴水の前で」

「良かった。じゃ待ってるね」

携帯を握ったまま、しばらくじっとしていた。息が苦しかった。ようやく折りたたみの電話を閉じ、声を出した。

「やった！」

典子からもらったオレンジ色のワンピースを着て出社する。

典子は、楽しそうにしている真緒の姿を見て、自分のつけていたネックレスを外し、真緒の首にかけた。

真緒は、典子の瞳を見つめながら、

「私、あの人を好きになりそうなの、怖いくらい」

「それでいいのよ、あなたのものにしなさいよ」

真緒の両肩をポンポンと叩いた。


午後八時二十分。ライトアップされた噴水、流れる水の音、彼を待つ身。自分がドラマの主人公になったような気分だ。

百八十センチのかっこいい人は、真緒の姿を見つけ、真緒だけのために近寄って来た。後ずさりしたいほど、かっこいい。

「待たせちゃったかな?」

真緒はやはり不思議なオーラに包み込まれた。周りの人たちも、沢田を振り返る。

「お腹すいたね、何食べる?」

「何でもいいです」

また決められない。

「じゃ近場のレストランでいいよね」

「いいわ」

真緒は、沢田の左側について歩く。

「いらっしゃいませー」

四人掛けのテーブルに、向かい合って座った。

真緒は真正面に座られるのは嫌だった。しかも、顔の毛穴が見えてしまうほどの近さだ。

(恥ずかしくて、これでは顔が上げられないわ、隣の椅子にずれて、なんて言えないし)

とりあえずメニューを広げ、美味しそうな料理の写真を見て、恥ずかしさを隠した。

「決めたかな?」

「あ、……一緒でいいわ」

「そう?　いいの?」

沢田は、店員を呼び、

「ベーコンのパスタと、ほうれんそうのチャーハンと、かぼちゃとプルーンのサラダと、おしるこを二つと、骨つきチキンに、ホットミルクを二つ下さい」

愛想の良い店員は、注文をくり返し、厨房に向かった。

「ねぇ、誰が何を食べるの?」

「ハッハッ、さぁ?　決めたいの?」

そして二人は、運ばれて来た順に分けて食べた。

食事を終え、真緒を助手席に乗せ、沢田は車を発進させた。

夜空には雲がかかり、今にも雨が降り出しそうだ。

沢田は、赤いネオンのついたホテルに車を滑り込ませた。

二人きりの一時。休憩を終えたが、真緒は、まだ物足りない……。

この物足りなさが欲望を増すのか。

沢田の行為は、女心を推し測っての策略なのだろうか。

「ねぇ真緒ちゃん、冷蔵庫のお茶出して、あー、喉渇いた」

真緒が持っていくと、沢田は右手で缶を持ち、左手を缶の下に添えて飲んだ。

「アッハハ〜、面白い！　確かに中身はお茶だけどね。私もこれから真似しちゃおう。いつもそんなに楽しい人なの？」

沢田は、右手で缶を持ったまま、屈むようにして真緒の顔を覗き込み、

「いや、いつもは悪霊を背負って生きている」

「それ不気味〜」

「なら、時々こうして、真緒ちゃんの力で取り除いておくれよ」

「お力になれれば」

「では俺と付き合ってくれるかい？」

真顔で質問されたので、真顔で「付き合いたい」と答えた。

しかし、次に飛び出した言葉に、真緒は戸惑った。

「俺と付き合いたいのだね。しかし、俺は高いからねぇ。付き合いたいのなら、五十万円必要だよ」

「五十万円！　どうして？　どうしてお金が必要なの？」

「頭を使うんだよ。今すぐ頭を！　さぁ考えてみて」

「今すぐになんて無理だわ！　何を言っているのかさえ分からないわ！　お金なんて持ってないわよ」

「だったら君は、どうするの？」

「だったら？　もう意味が分からない、五十万円が必要なのでしょ、本当に、あなたは高い人ね」

これ以上、言葉にならない。質問されても答えられない。

赤い合成皮革のソファーに座ったまま、左側に座っている沢田の目を逸らし、うつむきながら言った。

「では、考えさせていただきます」

「いい返事を待っているよ。本当は、今すぐだと嬉しいのだが、期待しているよ、君の本音をズバリと分かりやすくね」

真緒はため息をつき、首をかしげた。

化粧を直し、ソファーから立ちあがり、帰り仕度を始めた。

そしてわざと無愛想に言った。

「駅まで送って下さい。この時間なら最終に乗れそうなので」

沢田はうなずき、ホテル備え付けの白のガウンから、滑らかなジャケットとレザーパンツに着替えた。どこから見ても好感度は高いだろうと真緒は思った。

沢田に急ぐように言って駅まで送ってもらったが、階段を駆け登りホームに着いたところで、最終電車は走り去ってしまった。

細かい雨の降りしきる路上に戻り、タクシー乗り場に向かい、後部座席にもぐりこむ。

雨がフロントガラスを湿らせ、ワイパーが静かにそれをぬぐう。

(何、あの人！　本当にひどい人だわ！　見た目は素敵でも、あれではただの男のオブジェに過ぎないわ、あの人の人格を疑うわよ、人間の品位を考えさせられるわ！　〝俺は高い〟ですって！　まったく図々しい。愛とも尊敬とも、ほど遠い人だわ！　ナルシスト男！　あ～バカバカしい、何考えてるのかしら、自分の脳ミソ見てみなさいヨ、そしたらハッキリ分かるわ、変な脳ミソだって！　そして私に謝って！)

猜疑心だけが残ったタクシーの中で、恋の予感は一気に砕かれたのであった。

9

それから真緒は、釈然としない生活を送っていた。日を追うごとにイライラが強くなる。

なぜなら、沢田のことが頭を離れないのだ。

沢田をあれほど罵倒したというのに、今でも恨みを抱いているのに……。

疲れているのにもかかわらず、沢田に会いたい思いが募るのだ。

（あの人に会いたい、あの人に会いたい……なぜ？）

思いは強くなるばかりだ。

真緒は、耐え切れずにメールを送った。

一言だけ「さよなら」と。

真緒は、「さよなら」メールで、彼に執着しそうになる思いを、すっきりと忘れられるかもしれない、と考えた。

とにかく、いまの自分の状況から脱出したかった。

本心では、良い返事を待ち焦がれている。しかし、期待とは裏腹に、待てども待てどもメールも電話も一切なかった。

これが真緒を狂わす引き金となった。真緒は突進し始めたのだ。ただ沢田に会いたいがために。

「そうよ、たったの五十万円じゃない。あの人が言う通り、頭を使えば何とかなるわ、簡単よ」

　貯金はわずかしかない。

（友達に借りる？　えーと奈々は？　奈々はダメだわ、固くて真面目で説教されるだけ。その前に、しらじらしい嘘は通せやしないし。喜代美？　怖くて話せないわ。今から貯める？　時間がないわ。強盗？　共犯者がいれば怖くないかもね。でも、共犯者を探すのに時間がかかる。うーん、さすがに大変。脱獄計画より難しいかも、アイデアが浮かばないわ）

　腕を組み、ベッドに腰掛け、足を何度も組み直す。

　突然の閃きに立ち上がった。

「そうだ！　今流行りの援助交際ってのがあるわ！　あれ、相場っていくらなんだろう。ああん、もう、こんな時こそマスターが必要ってもんヨ。しかし私は頭がいいわ。明日、木枝君が遊びに来るから、誰か紹介してもらおう」

　彼女の発想には、反省の色がまったくなかった。

10

あのバーでの夜から、木枝清二とは仲が良い。木枝は、手土産を持って、よく真緒の家に遊びに来る。

行儀よく、サラリーマンとして出世する男だと見込まれていて、家族は真緒の彼氏だと思い込んでいるのだが、二人は仲の良い友達なのだ。男女関係とは無縁である。

今日も「おいしい饅頭を買って来た」と言い、一箱四つ入りの菓子箱を手に、真緒の仕事が終わるのをデパートの前で立って待っていたのだ。その饅頭は、真緒の勤めるデパートの地下の食料品売り場で売っているものだ。

「ただいまー」

「こんばんはー、木枝です。おじゃまします」

二人は広い玄関のまん中に靴を脱ぎ、真緒はそのまま二階の部屋に行く。木枝は、茶の間に挨拶に向かう。

「こんばんは、遊びに来ました」

真緒の母は、品の良い笑顔で振り向き、

「こんばんは。あら、真緒は？」

「もう部屋に上がったみたいですよ」

「あらまぁ、帰ったら顔くらい見せなさいよねぇ」

「呼びましょうか」

「いいのよ、ごめんなさいね」

木枝の側に、真緒のおじいさんがやって来た。

「君に、この茶碗をあげよう、もって行きなさい」

理容室の香りが漂うような手入れのゆきとどいた白髪。年をとっていながらも、鋭さがある。

木枝は、真緒の祖父だけには緊張する。声がするだけで、背筋が伸びてしまうのだ。

「ありがとうございます」

両手で桐の箱を抱え、お礼をした。

緊張しつつ、真緒の部屋に続く階段を上がって行った。

「今、おじいさんから抹茶茶碗を貰ったよ。饅頭ってバレたかな」

桐の箱から取り出し、木枝は、茶と緑の入り交じった茶碗をぐるぐる回しながら、

「この茶碗は有名な陶器なわけ？　俺が見るには、素晴らしい芸術的才能と技術力と創造力と熱意を感じるのだが、どうかね姫？」

「それは、おじい様の自作よ」

「自作！　おじいちゃまが作ったの？」

「そうよ、習いに行ってるみたいなの」

「すっごい！　芸術家だよ」

「趣味よ、趣味」

まだ茶碗を手にしている木枝に、

「五年に一度は、墨絵の個展を開いてるわ。前は京都で展覧会をしたわ」

「京都？　なぜ京都？　舞妓さんにでも見せたいとか？　磔磔を会場にしたとか？」

「たくたく？　それってライブハウスじゃなかった？」

「いいのさ、アーティストなんだから」

「もう何でもいいわ、私には興味ないの」

饅頭を二つ食べた木枝は、お茶が飲みたくなってきた。

その時、ドアがノックされた。母が、熱いお茶を入れた湯呑みを二つおぼんにのせ、運んで来てくれた。

「ありがとうございます、母上様、恐縮でございます。やっぱり饅頭ってバレましたか？」

「包装紙を見れば分かるわ、ゆっくりしていってね」

「いえ、早々においとましますので。お気遣いなさらずに、母上様」

「はい分かりました、失礼します」

裕福を絵に描いたような笑顔で、お茶を置き、戻っていった。

「しかしさぁ、この矢崎家から漂う気品は、どこからやって来るんだ。ねぇ、お前ん家どうして金持ちなの？」

「えーと、私の曾祖父が蚕で儲けて、おじいさんの織物が一世を風靡したからみたいよ」

「それで金持ちかぁ、お父さんは古典の先生で、不動産もしている。兄は会社員で、海外事業部。そして俺は玉の輿ってかー！　真緒、俺と結婚してくれ。絶対に血筋が良いんだよ、血筋が。よし、血統書付きの子供を産もうぜ！　金のベイビーだぜ、チャイルド・ビーナスだ」

「チャイルド・ビーナス？」

「馬だよ馬、競馬の馬だ。凄いぞ、この前、産まれたばかりなのさ。血統が良いから絶対速いゾ！」

「競馬！　競馬……そう、そうよ！　これだわ。さすが木枝清二、大好き！」

「な、なんじゃ？」

木枝は我に返った顔つきで、真緒の顔を見た。

「私、今すぐに五十万円必要なの、競馬で、五十万円勝てばいいのョ、グッドアイデアだわ。ねぇ、来週連れて行って！」

真緒の強引さに負け、競馬場に連れて行くことになった。

「凄い人ねー、ようしっ頑張ろう！」

第一レースから賭けた。

「イケイケ、ハイデルドー！　あ～ん、もう、またダメだわ。名前が弱かったのね。次よ」

「イケー、ゴーゴー、ジャングル・ボス！」

木枝は心配になり、もう止めよう、と言った。

「あと一回、これで最後よ、もうお金も、すっからかん、最後は万馬券狙いよ！」

「どうしたんだ。もう止めよう！」

しかし木枝の声は、馬の耳に念仏だった。

結局は負け、真緒はうなだれながら、木枝の愛車の白のワゴンに乗りこんだ。

「お前、何考えてるんだ」

ちらりと真緒の横顔を覗き、ハンドルを握り、ゆっくりアクセルを踏んだ。

真緒の焦る心は、コントロールが利かない。

真緒は、前置きもせず言った。

「ねぇ木枝君、私、援助交際したいの、誰か紹介してよ」

「はぁっ!?」

度肝を抜かれた木枝は、眉間に皺を寄せ、口を歪め、九十度の角度で振り返った。

「怖い顔しないでよ、一般的じゃない、流行してるのよ」

「流行？　誰がしているんダ」

「みんな隠れて、どこかでしているわ」

「生かじりなこと言うな！　やってる人は、生きるだけで必死なんだ、食べてゆくだけで精一杯なんだ」

「そんなに大層なことじゃないわ。雑誌にもたくさん載ってるし。私は今すぐお金が欲しいのよ」

「金が欲しくて援助交際、ふざけるナ！　ただの売女だよ、そんな不貞な女、ののしってやる、お前ブスになるゾ！」

「どうして？」

「道徳的にもダメなんだよ！」

「どうして？」

「どうしてって……」

木枝は言葉に詰まった。真緒はそのスキをついて、

「ほら説明できないし、答えられないでしょ」

木枝はスキを見せないように、言葉を並べた。

「真緒は、自爆して、破裂して、人に迷惑かけたいわけ？」

「は？　何を言ってるのか分からないわ、私は爆発なんかしないわ」

「そうじゃないよ！　危険だし、不幸になって自分を見失いたいのかってことだよ。俺も頭が

メチャクチャだ！」

「人に迷惑はかけないわ」

「迷惑だよ、少なくとも俺には迷惑だね。えげつないお前になれば、見てるだけで俺まで気分悪い」

「じゃ、目をつむっていればいいわ。とにかく誰か紹介してよ」

「嫌だね！　だいたいそんな人、俺の周りにはいないよ。どんな理由か知らないけど、お断りだね。金輪際そんな話するなよ！」

初めて怒った木枝に、真緒は動揺したが、窓を全開に下ろし、空気を入れ替えた。

11

家まで送ってもらい、部屋に戻り、カラッポの財布を開けて、ため息をついた。

先日、街角で手渡されたポケットティッシュを、バッグの中から取り出した。

やはり、援助の相手を探すしかない。

携帯で番組ＵＲＬを入力し、番組メニューから登録すると、すぐに男を選べた。アクセスは簡単であった。

一通目のメールが届いた。

「アドレスか電話番号を交換しましょう。エッチ目的です。三十二歳会社員です。今日はあいているので楽しみましょう」

真緒は、時代に乗り遅れている気がした。

戸惑いながら、数十人のメールを読み、その中から、とりあえずいくつかを選び、メールを送った。一人、二人と返信があり、即、アポを取った。

一人目は、四十二歳のサラリーマン。一見ごく普通の人であった。

朴訥とした話し方で、「三万円で」と言う。

真っ当な考えを見失った彼女には、思考能力もない。

三万円のために、男の頭を股の間に挟ませる。

どろどろのネズミに侵されている感触だ。

二時間後、えげつなさ、だけが残った。

二人目の相手は、三十三歳の独身である。脂肪腹の小太りで、不潔な臭いが漂う。車の中も汚く、灰皿には、タバコがぎゅうぎゅうと押し込まれ、あたりには灰が飛び散っている。

体の上で腰を振る男に、呼吸を殺し、首を横にしていると、バターを塗ったタラコのような、ぶるんとした口唇で、真緒の口唇は塞がれた。

彼女は、とっさに、口唇を護った。

口唇を、自分の口の中に隠し入れ、その口唇を歯で噛み、護ったのだ。

三万円を手にする。

三人目からは、「もっと負けてよ」と言われ、一万円を渡され、終わったのだ。

三人で、たったの七万円の儲け。

男性の選び方が悪い、と思い、価値のありそうな人を検索し、メールを交換する。心もないのに男を探す自分に怖くないこともない。

「十万円で、素敵な夜を過ごしましょう」

ＯＫとの返事を送り、その夜に会った。

五十代半ばの、一見どこにでもいそうな人だ。

「夏美さんですか？」

「はい、そうです」

本名は名乗っていない。

「居酒屋へ行きたいのですが、付き合ってくれますか？　お綺麗な人で嬉しいです」

「どうもありがとう」

居酒屋へ行くと、野村と名乗る人は、何種類ものメニューを頼み、自分はウーロン茶で、「夏美」にビールを飲め飲めと、脅迫するかのように勧めるのだ。

「夏美」は、言われるがままに飲む。

野村は、自分の生まれ、育ち、今の仕事と、ありとあらゆる私生活を、機関銃のごとく喋りまくった。今は癌に冒され苦しい思いをしているのだと泣き出し、お手拭きで目頭を押さえた。

三時間が過ぎ、「夏美」は泥酔してきた。

「それで要点は何？　前置きが長いのよ！」

「いや、これが全てです。夏美さんに感謝します。約束の十万です」

封筒にしのばせた金を、野村は頭を下げながら渡した。

一週間後、野村からメールで、

「今日の九時、先日の居酒屋で待ってます」

「夏美」は、野村から虐待されそうで怖かったので、面と向かい、断わることにした。

居酒屋の前で立って待っていると、見知らぬおばさんから、「夏美さんですか？」と尋ねられた。

「そうです」と返事をすると、

「野村の妻です。先日はご迷惑をおかけして、すみませんでした」と言い、ビニール袋を手渡し、去って行った。中には〝じゃがいも〟が入っていた。


六人、七人……と、汚れていく肌で交わり続け、帰宅する。

入浴し、浴槽に浸かり、ジロジロと自分の肌を眺めていると、皮膚に腐ったミミズがこびりついているように見えてくる。胸からも腐った臭いがせり上がってくる。体中に異臭が充満する。

夏美から真緒に戻った心境は、支離滅裂だ。

ポリエステルのタオルに石けんをねじ込ませ、身体をごしごし洗う。肌は、痛くなり、赤くなるばかりだ。

（汚れた皮も、腐った肉も、体中が垢になって、こんな臭い垢は排水溝に流れてしまえばいいのよ）

叫び、えずく。胃液を吐きながらも体中を洗いまくった。


それでも真緒は行動を改めなかった。

夏美に成り下がり、五十万円までヤル気だ。

今日の十四人目にして、四十五万の計画だが……。

喫茶店で待ち合わせた人は、席に着くと、指先まで毛深い手で、タバコを吹かせた。

「オレはアホなんだ。今日も競馬で負けるし、不景気で仕事はないし、女房には逃げられるし、アァ〜、バカだろ。それから、こうして女に金を使う、バカだよなぁ〜」

何につけても、俺は、アホだのバカだの、内容のない話を間抜けな顔で続ける。夏美は、自分で自分をバカだと人に吹聴する人は、大嫌いであった。この人とだけは、やりたくないと思った。

「あなたって、自分を本気でバカだと思ってるみたいですね。自分をバカだと言う人は人にもバカにされますよ。言葉をもう少し選んだ方がいいと思いますけど。今日は、これで失礼します」

男は、顔つきを変えず、夏美の顔に向けてタバコを吹かし、

「そう言う、あなたも、バカなんでしょ、お互い様だ、アッハッハ」

串刺しにされた。納得ゆえの串刺しだ。

今晩は相手の言葉が耳に残り、反芻するだけで終わるのだ。

12

醜いほどに黒ずんだ色の生活を送る中、いつものように勤務に就くと、典子から一泊の温泉旅行に誘われた。

最近、妙に暗い典子の誘いに、真緒は、少し迷ったが、断わる理由も見当たらず、良い返事をする。

北陸まで、典子の運転する車で、風景を楽しんだ。典子の側にいると、真緒は、不思議に安心し、楽な気分になるのだ。

宿に着き、廊下を歩く。

予約した部屋は、日本家屋の趣が漂い、居心地の良さを感じさせてくれた。

障子戸を開けると、粧いをした山とせせらぎが見え、二人はリラックスする。

「わぁ～素敵な部屋ね、気持ち良い～、せせらぎは、私に春を運んでくれそうだわ」

「あらロマンチックなこと言うのね、本当に春の香りがしてきそうね。まずは温泉に入りましょう」

典子は、そう言いながら浴衣を真緒に手渡す。

大浴場からの眺めは絶景で、二人はゆっくりゆったり湯ぶねにつかり癒される。

ホカホカに温まった体を浴衣に包み、部屋に戻る。夕食まで、備え付けのお菓子とお茶を味わった。

「う～ん、気持ち良かった。最高よね」

真緒は背筋を伸ばす。

典子も合わせて、足を伸ばす。

「気持ち良いわね～、あら関節痛が楽になったわ」

「いやーん、おばさんみたい！」

「お肌スベスベだわ。私たち美人姉妹よ」

「わ～本当。私もスベスベよ～」

「お腹すいたわ、お料理、楽しみね」

ご機嫌の二人の部屋に仲居が料理を運んでくる。

大サザエのつぼ焼き、能登ステーキ、季節感あふれる海の幸、山の幸。心ゆくまで堪能できそうな料理が並ぶ。

「では、ビールでカンパイしましょう」

「うん、カンパーイ」

「カンパーイ」

「う〜ん、美味しい。いただきます」

二人は料理に舌鼓を打ちながら、話にもいっそう花が咲いた。真緒は、エビに手を伸ばし、口に含むと、沢田との出合いが鮮明に蘇ってきた。

口数の少なくなった真緒に、典子が話しかける。

「お友達の奈々さんや喜代美さんの話は最近聞かないけど。そうそう、清二君はどうしてる？」

真緒は箸を休めて答えた。

「清二君は時々遊びに来てたけど、最近会ってないわ。友達とも。お互い忙しいの」

「忙しい？　でも友達には、忙しい合間を縫ってでも会いたいものでしょ？　前は、そうだったのでしょ」

「おせっかいね、もう前のことなんて忘れたわ。そんなに会いたいとは思ってないし」

「会いたくないなんて、何か三人の仲に亀裂でも入ったの？」

「会いたくない、なんて言ってないわ！」

「どうして、そんなにムキになるの？」

「……」

しばらく沈黙が続いた。真緒はようやく、閉ざしていた口を開いた。

「沢田さんのことなんだけど……」

「どうしたの？　楽しかったって話は沢田さんから聞いたけれど、あれ以来、会っていないんでしょ。真緒ちゃんのタイプじゃなかったみたいね」

「よくも、どうしたのって、澄ました顔して言えるわね！」

「何？　何かあったの？　真緒ちゃんに似合う人だと思ったのよ。将来は安定した生活送れるし、優雅に暮らせるわ。パイロットの仕事なんて素敵じゃない」

「優雅に？　どこが？　典子さんが言ってることとあの人の話は、まったく辻褄が合っていないわ！」

「辻褄？　沢田さんは何て言ってるの？」

真緒は、あの日を思い出しながら言った。

「俺と付き合いたいのなら、五十万必要って言われたわ」

「何ですって！　意味が分からないわ。お金が必要？　どうしてかしら、信州にホテルも持っているのよ、オーナーよ、雑誌に宣伝もしているわ。それなのに……。だから沢田さんの話はしなかったわけね」

「オーナーなの？　ひどい人だわ。屈辱よ。でも、でも、なぜかしら。私は、あの人に会いたいの。たまらなく会いたいのよ！　自分でも、どうしていいのか分からない」

典子は真緒を優しく見つめた。

「真緒ちゃん、好きになっちゃったのね」

真緒は号泣した。

そして沢田に会いたいがために、今どうしているかを、全て典子に打ち明けた。

「……売春しているの？」

「そうよ、お金がいるのよ」

「なんてこと。信じられないわ、暗い顔しているから、何かあったとは思っていたけれど、そんなことになっているなんて。ひどい話だわ」

食事も進まぬまま、十時を過ぎた。

二人はもう一度、温泉につかるため、長い廊下を歩いた。

天の恵みの温泉は二人を包む。

典子は、誰もいない露天風呂に真緒を誘う。

「真緒ちゃん、背中洗ってあげるね、ここに座って」

真緒は、典子に言われるままに、典子に背を向けて座った。

典子は、タオルにボディーソープをたっぷり含ませ、強めの力で洗い始めた。

背中から胸へ、そして真緒を立たせて足先まで洗う。

典子はどうしてこんなことをしてくれるんだろう。真緒がそうっと典子を見ると、典子は声を押し殺して泣いていた。頬を、涙が伝って流れていた。

部屋に戻り、敷いてあった布団に入ると、典子は言った。

「もう売春するのは止めて」

「うん、もう、しないわ」

二人は眠りについた。

13

久し振りに、木枝が遊びに来た。

木枝は、真緒の部屋に入ると、いきなり、

「その顔は、何だ？」

「何って、久し振りの挨拶にふさわしくないわ。どんな顔しているのかしら。援交で腐った顔でもしてるのかしら」

「援交して、金もらったのか」

「そうよ」

心を失い、ストレスと疲労でやつれた真緒の姿に、木枝は憂いを帯びた視線を向けた。

「お化けみたいな顔しているよ、気持ち悪くて、目はギロギロして焦点も合ってないみたいだ。だから人にも迷惑だって言っただろ。周りの人が、お前の顔見たら、気分悪くするよ。誰だってそうだろ、明るい人を見れば、少しでも明るい気分になる。今のお前の姿じゃ、人まで不幸にする。少なくとも俺は今、不幸な気分だ。くそ！　乱売しやがって。最低な気分だ！　あといくら必要なんだ？　何のためだか知らないが、そんな金で何かを買って、何が嬉しい、大事にできる物か！」

「あといくらだ」

木枝は、言いたいことが上手く伝えられず、悔しかった。

「七万円」

木枝は、自分の財布から七万円を取り出し、下を向いたままの真緒に手渡した。

「これで売春は、止めてくれ」

「……どうも、すみません」

翌日、沢田に電話をした。

これで、やっと会える。しかし、覚えていてくれるか不安だった。

夜の十時、携帯を持ちベッドに正座をした。

「よしっ」と掛け声を出し、気合いを入れた。親指にボタンを押すように命令した。

コールが、あの人を呼んでいる。

一回、二回、三回、四回。

「はい沢田です」

「真緒です。分かりますか」

「分かるよ」

「あのー、五十万、用意できたので、会いたいと思いまして」

「は？　五十万？　用意できた？」

まるっきり覚えのないという話し方だ。

「その五十万持って、俺に会いに来るわけ？」

「だって、そう言ったでしょ」

「何か勘違いしてるみたいだが。まぁ、その理由を聞かせてもらうよ」

会う日を決め、電話を切った。

「五十万の理由は、私の方が聞きたいことよ」

そう口にしながら、ベッドに入った。

沢田と会うことしか頭にない、長い一週間が過ぎた。

一宮駅前のロータリーで沢田を待った。

春の薫りは、短大の入学当時の記憶を蘇らせる。

年を取るごとに「あのころ」を美化してしまうのか、みんなの笑顔がキラキラ光っている。

はしゃぐ姿はまぶしくなる一方だ。

まぶし過ぎて、目を閉じ、込み上げる青春の喜びを封じ込めたいほどだ。

沢田が呼ぶ声に気づいた。ほどなく助手席に座り、思い出の薫りは消え失せた。

代わりに、緊張が走る。沢田へのいぶかしさに、心はざわめき出す。

沢田は、会う気はなかったという。とりあえず話だけは聞こうと、出向いてきたという。

高速道路に乗り、気が向いたところで引き返すという。

「どこまで屈辱的なの」心の声を殺した。

今すぐ、五十万円を叩きつけてやりたい心境だ。

東名高速道で、とりあえず西に向かう。百キロを超えそうなスピードだ。

無言の沢田の、無表情な横顔に、やっとの思いで声をかけた。

「私、沢田さんに会いたかった……」

「俺もだよ」

無表情なままだ。会話にならない。

いつ切り出そうか、切り出して来るのか、さぐりあいながら沈黙が続く。

真緒は静かに口を開いた。

「あのね、五十万、持って来たの」

「どうして?」

「どうしてって、あなたが言ったのよ。私、会いたかったから、一生懸命だったのよ。体を使って、必死に、今日のために、こうしてお金持って来たの」

「頭は使えって言ったけれど、体を使えなんて言ってない」

「体を張って、いけなかったとでも言うの?」

「何か、勘違いしてない? 五十万、必要って言っただけだよ。ましてキミに持って来いなんて言ってない。俺は、次の日も電話を待ってたんだ。その次の日も、またその次の日も。待ったあげくに、お金持って来た。俺は……素直な女を探してたんだ」

「だから素直に、こうして」

「素直? あの日、キミは早々と帰っちゃったでしょ。〝お金が必要だ〟と俺が言ったから。極悪人か不憫な男か、どう思ったかは知らないが、言いたいことを素直に言えばよかったんじゃないか? 激怒したり、蔑んだり。何でもいいから、俺に言って欲しかったんだ」

「そう思ったわよ。思ったことを口にできなかったのよ」

「じゃ、キミも小心者か。本心が言えない小心者か」

「小心者? どこを見て私を小心者と言うの?」

そう言い放ち、茶封筒に入れた五十万を、ハンドルを握る沢田の手に渡した。

「このお金、どうしたの、お金は要らないよ」

「援交よ！　援交。体を売ったのよ。もう遅いわ」

沢田は左手に渡された封筒を眺め、握り潰し、中の現金を右手で取り出した。そして窓を全開にする。整えた真緒の髪が、突風で乱れる。

「援交だと！　俺をバカにするナ！」

全開にした窓から、くだらない金を投げ捨てた。

一万円札は、風と共に舞った。そして、一瞬で視界から消えた。

「人の心は奥深い。キミのそのヒールで心臓を踏みつけられているみたいだ」

「そう、それは痛そうね」

心ない輩にしか映らない沢田に対しての返答は、これで十分だと思った。

津インターでUターンした。

真緒はむやみに走り、沢田は当てが外れた。

二人は、歯車が噛み合うどころか、ただの擦れ違いである。

14

　実は、沢田は、真緒に会う前に、典子に相談したことがあった。

「前の彼女は、パイロットの俺を好み、俺も彼女のために偉丈夫になろうと頑張った。その幸せは、二年前に終わったよ。本当に幸せだった、父が亡くなる二年前まではね。亡くなった父の経営するリゾートホテルを受け継ぎ、毎日が寝る暇もないほど忙しかった。そんな事情で、彼女に会えなくなり、話もままならず、ある日、彼女の方から別れ話を持ち出され、俺はうなずくしかなかった。

　今は、ホテルの方は、人に任せてあるから楽になった。しかし最近、淋しくて仕方ない。自分のためだけに働くのは淋しいもんだよ。誰かの、愛しい誰かのために働きたい。そして、俺を癒し、励ましてくれる人が必要なんだ。この俺を奮い立たせ、感動させてほしいのだ。心の底からエネルギーを放出したいのだ」

　典子はうなずきながら、ずっと沢田の話を聞いていた。

「だから結局、何が言いたいの？　私に愚痴でもこぼしたかったの？　つまらない生活だってことを、誰かに話したかったの？」

「違う、ごめん。前置きが長かった。実は、照れくさい話だが、彼女がほしいってことなんだ。

誰か俺を燃えさせてくれる人はいないかな。バッコーンという強烈な人。俺に面と向かって対等に話せる人。う～ん恋がしたいな、恋だよ恋。こんな俺に、女の子紹介してほしいのだが……」

典子は、初めて見せる沢田の、哀願するような初々しい姿に、

「そこまで強烈な人はいないけれど、かわいい子なら一人知ってるわ。自分の決めたことには突っ走る、元気の良い子よ」

そして、沢田に真緒を紹介したのであった。

しかし、沢田の「演技」から、真緒が「あり地獄」に嵌まるとは、まったくの予想外だった。〝変な言い方〟をすれば、それに反発して、自分を驚かし、檄を飛ばしてくると思い込んだのだ。そして「嘘だよ～！」と抱きつき、それを第一歩として感じたかったのだ。

後で誤解を解き、感激のキスを……と。

あの日、あの時、閃いた発想だったのだ。

しかし、……あとの祭りだった。

15

高速道路をUターンした沢田の車は、スピードを落とすことなく走り続けている。

車内は、ラジオも、CDも、話し声も、聞こえない。あえて言えば、幽霊車内。
抜け殻になった真緒は、頭の中で、詩を書いた。

青い空、青い空
曇ったハート
どっちも果てしなく広がってゆく
コーリング　コーリング
電磁波の波に　飲み込まれ消えてゆきたい

闇に消えた心はいずこ
いつかの爛々と輝く眼はいずこ
肌も心も不気味なる醜状
紅蓮の涙が頬つたい
自分の愚かさを罵れ
無惨な我を誰が救う？
裸身を路上に投げ捨て　迅雨にゆだねし清浄
その浅はかさ

奈落の底から這い上がれぬ

たんぽぽの種子が風に舞う
私は風まかせに宙に舞う
ふわふわ　ふわふわ　空に舞う
ここは汽車の車両の中か
人の姿を眺めてた
どこまで私は　ゆくのだろう
窓から突風が　舞い込んで
私は窓から　追い出され
見知らぬ草原に置き去りだ
友はいないかな　ふわふわり
私は地に腰をうずめたよ
来年は芽になり花になり咲きたいな
その日は　友に会えるかな
その日は　友に会えるかな

沢田は、スピードを落とすことなく高速を飛ばし、数時間前、彼女を乗せた場所に辿りついた。

「着いたよ。キミとは縁がなかったみたいだね」

変わらぬ横顔で、沢田の口は動いた。

「えぇ。出合った瞬間に気づきたかったわ」

瞼だけ下ろし、無表情に同意した。

助手席を降り、何もなかったかのようにドアを閉めた。

16

無為な時を過ごした真緒は、無謀さの後始末をする。

あれから、真緒は、自分の想いをノートに書き綴った。毎晩書いた。

時々、奈々から楽しい誘いがあったが、とても乗り気になれなかった。見苦しい顔では、奈々の気分も悪くするであろう。

典子は、あの日の温泉から、真緒共々に苦しい表情のままだ。

真緒を見る目は哀しげだ。

真緒は、典子の目に異様さを感じた。罵られ、ひどい悪口を言われている気分になるのだ。

たまらなく嫌だった。そこまで蔑まれることはないはずなのに……。

木枝は、あれから一度も連絡してこない。あの笑い顔も、声も、真緒には届かないままだった。

大好きな清二の顔が見られなくなり、とても寂しかった。

真緒は、携帯電話のメモリーを追う。

(だれかとくだらない話で、バカ笑いでもしようか)

だが、真緒は自分を追い詰めた。

情けない自分を見た時、こんな自分は嫌いだと確信した。

嫌いな自分は嫌いだ。堕ちた自分を正確に順を追って、その理由を見つけ、反省し、正そうと決めた。

答えは簡単だった。

十九歳の時にマスターと道徳に反して不適切な関係であったこと。

深く傷つき、忘れられない援助交際。

お金ほしさに、体を売った。

数学みたいに、答えは出た。

答えを見つけ出し、反省した。すっきりするかと思いきや、気分が悪い。

なぜ？　どうして？

考えあぐねた。矛盾の渦に巻き込まれた。

それから、もう一年が経とうとしている。

詩を書いたノートは、大学ノート数十冊になる。中には日記も混じっている。

今晩も、悶々としながら、ノートと睨み合いをしていた。

すると突然、携帯電話が鳴った。真緒はびっくりして腰を浮かした。

喜代美からのコールだった。

携帯を開き、右の耳に当てる。

真緒は、なぜだか右耳から話を聞くと、内容が把握しにくいのである。

今は、その方が自分にとって楽な気分なのだ。

「もしもし」

元気な声を出してみる。

「真緒、元気？」

「うん」

「いつ誘っても、用事があるって、奈々から聞いたけど、忙しそうね」

「タイミングが悪いだけよ」

「そう？　なら良かったわ。奈々は嫌われてるのかしらって、少し不安がってたわ」

「ごめん、奈々を嫌うなんて、理由がないでしょ。妙な勘違いさせちゃったみたいね」

「そうよね、それなら良かったわ。実は、奈々、結婚するのよ。近いうちに会わない？」

「は？」

真緒は、携帯を左の耳に当て直した。

「結婚するの？」

「そうよ、だから三人で久しぶりに会いたいのよ」


休みを合わせ、三人は午前中から待ち合わせた。

一宮から少し離れたところの星ケ丘にある評判の洋菓子店に行くため、三人は地下鉄に乗りこんだ。

二人は数カ月前よりも、輝き、垢抜けて見える。

喜代美は、相変わらず露骨に話をする。

「真緒、最近、肌の調子悪くない？　くすんで見えるわ」

奈々は、いつも喜代美の言動を救う。

「生理前とかでしょ？　生活がくすんでるわけじゃないよね。たまたまよね」

しかし、今回は救われない。本当にくすんだ肌なのだ。

「大丈夫、少し体調が悪いのかも。エステに行けば良くなるかもね。血行が悪いのかしら、淀んだ生活しているから、リンパも淀んでるのよ」

つぶしたような声になっている。

地下鉄を降り、気持ちの良い春の歩道を、三人は窮屈に並んで、機嫌良く喋りながら歩いているると洋菓子店に着いた。

自動ドアが開くと、甘さいっぱいの生クリームの世界に包まれる。

グレーテル気分の三人は、色とりどりのケーキに目を丸くした。

「わぁ〜美味しそう、何にする？」

真緒の質問は聞こえていない。二人とも目当てのケーキを探すのに夢中だ。

それぞれが選んだケーキはテーブルに運ばれる。丸い、木目のあるテーブルは、三人の心をも丸くする。花模様のリースに話にも花が咲く。

「そうそう、奈々、結婚するんでしょ？」

羨ましそうに、真緒は奈々を見る。

「ええ、六月十日よ」

「わぁいいわね、あの健二さんなら間違いないわ。偉丈夫な人に成長しそうね」

真緒はコーヒーカップをテーブルに置き、また奈々の顔を見つめ直した。

奈々は、「私は、世界一幸せよ」と満面の笑みで答える。

喜代美は、キラキラした瞳で言った。

「そうね、奈々の顔から幸せが溢れ出てるわ。心から幸せそうだもの。私は、夢を追って頑張ってるわ、最高に楽しいのよ！」

真緒はすぐさま二人にかける言葉を探した。

「良かったわね〜」

無理だった。楽しむ心を忘れた頭は錆びつき、その後のセリフは思いつかなかったのだ。


家に帰り、また一人の部屋にこもった。

シャープペンシルの芯がなくなり、ボールペンで日記を書く。今日は楽しかったので、陽気な詩も書けると思ったが、書きたいことが書けず、何度も消した。ノートは黒く汚れていくばかりだ。ただ、

「世界一幸せ」

「頑張ってる、楽しい」

という言葉だけが耳に残った。

その言葉は、真緒には実感できない。ペンを持ったまま、追い込み、追い込み、自分を責める。そして疲れ果て、ベッドに潜り込んだ。

「あーん、もうバカバカしい。つまらないわ。そうよ、そうだわ、私は、ずっと自分を責めていたわ。もう反省も十分にしたわ。それなのに、まだ自分を責めるわけ？　なんて可哀想な私でしょう。私は私の味方になってあげるわ。そうよ、逃げましょう。今からすぐに逃げましょ

できた。

天井に自分がいるかのように話しかけ、自分の言葉に安堵し、ぐっすりと眠りにつくことができた。

「もう大丈夫よ」

う。

17

次の日から、昼休みに本屋に走った。

逃げることを思い付いたが、逃げ方が分からない。何から逃げるのか、自分でも分かっていない。

本に〝逃げ〟の手本や先例、手段や糸口がないか探しまくった。

毎日二、三冊買って帰り、読む。読み続ける。

もう部屋は、本だらけ。テーブルの周りを囲み始め、ベッドの上にも本が散らかっている。

これまで本なんか読まなかった真緒は、途中、トイレに行ったり、ジュースを取りに行くのだが、頭が急にボーっとして、足はふらふら。瞬きする目も痛くて、しばらく眉間に皺を寄せながら、パチパチと素早く瞬きをしてみる。すると瞳から涙が少し出て楽になるのだ。

夕食に呼ぶ母の声が聞こえ、閉じられない本を持ったまま、味噌カツ、煮つけ、サラダ、酢のもの、そして味噌汁が並ぶ食卓につく。母の愛を感じる。

左手に本を持ち、読みながら箸を持つ。

タコをつまみ、口に入れた。

「何をしているんだ！」

父が叱咤する。

「本を読んでいるの、見れば分かるでしょ！」

真緒は反発する。

反発した自分に驚く。

父も娘も、異常な目つきになる。

唖然とする祖父。その隣に座る真緒に、母は優しく言った。

「真緒、本をしまいなさい」

優しい母の声に、涙が溢れ出そうだ。

「どこに本をしまうの！」

「本棚でしょ」

「いっぱいなの」

瞳に溜まった涙が溢れ出た。

「いっぱい？」

「もう本がいっぱいなの、もう本がいっぱいなの、どうしようもないの」

食事を終え、母と二人で真緒の部屋へ上がった。

父が母に「本棚を買ってやれ」と言ったからだ。

母は、部屋に入り、ビックリ仰天したようだ。足の踏み場もない。本だらけだ。

母は、本を片付け始めた。

「真緒も、ほら、片付けなさい。処分できる本は、こっちに持って来て」

「全部なの」

「全部？」

「哲学の本は残すけれど」

「まぁ、難しい本まで読むのね。おじいさんと一緒ね。あら、宗教の本まで」

「うん、私は欲望を取りのぞくの。インドへ行こうかな」

「あらま、その時はお母さんも連れて行ってね」

「いいよ」

部屋は、随分片付いた。

真緒は、図書館に行くことにした。休みの日は、決まって図書館だ。

図書館の南側には庭が造られていた。つつじの花が満開だ。

真緒は、いつも南側にある机を使う。暖かく、心地良い。

このごろはだいぶ落ち着いてきた。無闇に本を探すこともなくなった。

18

ある日の勤務中に典子から夕食に誘われた。

ホテルの十三階のイタリア料理店だった。

夜の街は月の光を浴び、穏やかに見えた。

二人きりで向き合うのは、温泉旅行以来である。

典子の表情は和らいでいる。

真緒は、典子の話を想像すると、少し臆病になった。

「真緒ちゃん、最近顔色良くなったわね」

「そう？　ありがとう」

モッツァレラチーズは、とろりとトロけて、スパゲッティに絡む。

美味しい料理に二人は和み、自然にお互いを打ち解けさせた。

典子は、真緒に「いままで話したことなかったけど……」といって、ゆっくりと語り始めた。

真緒の瞳の奥に話しかけた。

——私は、幸せと呼べる家庭に育った。四つ下の妹は真樹、二人姉妹である。父は会社員、母はスーパーでレジ係のパートをしていた。家を買ってから、家族での団欒が楽しかった。

あれは、私が十五歳の時だった。学校のクラブ活動を終え、早く帰宅した。いつものように、真樹と洗濯物をたたみながら、テレビの連続ドラマを見て、母を待った。疲れた母を、少しでも喜ばせたかったの。

でも、六時になっても母は戻らない。すると電話が鳴った。私が出た。母ではなく、父からだった。父は冷静な口調で、こう言った。

「お母さん、事故にあった。病院に運ばれた」

その病院は近かったので、私は真樹と一緒に走った。だけど、間に合わなかったわ。母は即死だったの。

母が死んでから、父は夜遅くなることが多くなった。二人で用意した夕食も、翌朝テーブルに残っていることが多くなった。そのうち一晩くらい帰って来なくても、私たち二人で平気になったわ。

私の十九歳の誕生日の時、朝食のトーストをかじりながら、父は「帰りに、プレゼントを用意するから」と前置きをしてくれた。私は嬉しかった。真樹も手を叩いて、「お姉ちゃん、何だろうねぇ」と楽しみにしていた。

その日は時間が経つのが遅く感じたわ。私をじらすかのように、太陽はなかなか沈まなかった。夕日のオレンジ色が、いつまでも私と遊びたがっているように思えたわ。

それでもやっと夕食の時間になり、テーブルにご馳走を並べ、花を飾り、真ん中にデコレーションケーキを置いた。真樹と二人で、いまかいまかと、父を待った。

「ただいま～！」

「お父さんだー！」

私たちは腰を上げ、玄関に走った。狭い玄関には、父と、そして見知らぬ女性が立っていた。女性は、リボンの付いたブラウスを着ていた。

「新しいお母さんのプレゼントだ」と父が言った。

私は感服した。

継母は、新しい家庭の幸せを願い、頑張ってくれた。

真樹も中学生ながら、継母の気持ちを汲み取ろうと必死だった。父や私は仕事で、帰宅時間は八時をまわってしまうから。

ある日、真樹は、誤解しないで、と言って、継母への気持ちを打ち明けた。

「父と母を見ていると、迷惑をかけている感じで、気の毒になる。模範的で尊敬できる継母だと思うけど、逆に、私もがんばらなくちゃと、気疲れしてきちゃった」

真樹の気持ちを受け入れ、両親に相談したところ、真樹が定時制高校に入学するのと同時に、私たち二人でアパートを借り、共同生活をすることにした。

私たちだけの2LDKのアパートだ。楽しい日々が続いた。セミダブルのベッドに二人で眠ったわ。その日一日の出来事を語りあいながら。そして、どちらからともなく眠りにつくの。

その日も、いつもと変わらぬ朝だったわ。ただ、いつもよりちょっと寝坊した妹が、バタバタと身支度して、慌てて出て行った。その日が妹との別れの日になるとは。

十一月の澄んだ青空の下、真樹は事故にあい、その数時間後に亡くなったの。私の手の中でゆっくりと。涙を目頭に浮かべたまま、真樹の呼吸は止まったの。

その五カ月後、新入社員の挨拶のときに、私は「真樹」を見つけたの。生き写しのようで、悲しみと嬉しさがこみ上げてきた。それが、真緒、あなたよ――。

典子は悲運の過去を話し終えると、

「私はあなたを愛してる。妹よ、お帰りなさい」と言った。

真緒は、典子の瞳に吸い込まれた。

真緒は、素直に、体を売ったことを謝った。

典子は優しい瞳でうなずいた。

もつれた毛糸が解かれ、真緒は心の内を打ち明けた。

自虐的なほどに自分を追い詰め、その苦しさから脱出し、逃げる道を選び、居直ったこと。

そして今は、心が空転しているのか、寂しくてたまらないこと。

真緒は、慰めの言葉を待った。

が、予想もつかぬことを典子は言った。

「そうねぇ、自分で自分の行動の善・悪を考えることって難しいかもね。でもそれって自分の都合の良い方を選べるでしょ。言い換えれば、それって勝手ってことよね」

「あれ？　勝手？　確かに自分の考えを曲げないけれど、私ダメなのかな？」

典子は、にこやかに、

「大丈夫、真緒ちゃんはかわいいし、一生懸命だから、そのうち楽しいこともやって来るわ。でも楽しい顔してなきゃ、福の神はやって来ないわ。ほら笑って」

真緒は微笑んでみた。そうしたら二人でクスクス笑えてきた。

二人は、足並みをそろえ、それぞれ帰宅した。

19

今日は、梅雨の合間を縫って青い空が澄みわたり、暖かな陽気だ。

図書館の庭のあじさいも、一斉に歌い、踊りだす。

太陽の光が、矢崎家のキッチンを燦燦と照らす。

ハムエッグを作り、トーストを焼き、コーヒーを入れる。コーヒー豆の香りが、時間を贅沢なものに変えてゆく。

真緒の休日の朝が始まる。

朝食を済ませ、部屋に上がり、窓のカーテンを両手で開く。素早く窓を全開にする。二羽のスズメは飛び立ち、眩い朝日が部屋に射し込んでくる。

早々と部屋の掃除を済ませ、借りた本をバッグに入れる。

スキップ気分で階段を下り、開けられた広い玄関口で、大声で、

「行って来ま～す」

庭木の手入れを楽しむ祖父にも手を振る。

赤色の自転車に跨り、ペダルをこぎこぎ図書館に向かう。

早く着けば、南側の大好きな机を陣取ることができる。

ホッとしたければ、大きな窓から庭を眺めてボーとすれば良い。

今日は、水戸黄門のオープニングテーマを口ずさみながら、「水戸黄門」の続きの巻を棚の中から取り出した。内緒で「キティちゃん」のしおりを挟んでおいた。

もう一冊は、「管理人さんは二日酔い」を手にし、席に着いた。

はじめに「管理人さんは二日酔い」を読み始めた。

メチャクチャ面白い！　内容がない、意味がない。ただ笑える。

肩の震えが止まらない。今にも吹き出しそうだ。これ以上読むと、恥ずかしい目に遭ってしまいそうだ。本を両手で閉じ、家に持ち帰り、爆笑しようと決めた。

それから水戸黄門のオープニングテーマを歌いながら、「水戸様、こんにちは」と本を開く。あれ？　キティちゃんのしおりが見当たらない……と思ったら、随分前のページに挟んであった。仕方ないので、振り出しから読み始める。

うぉ～眠くなってしまう。うむ～眠ってしまう。うむ～眠ってしまった。

真緒は机に突っ伏し、開放的に寝てしまった。

「我々は本マニアだ！　その本を返せ！」

「本マニア？」

「そうだ、分からないのか？　本コレクターだ。本を渡せ！　早くしろ、この印籠が目に入らぬか」

水戸様は、黒いレオタードを着て、真緒の腕をつかんだ。

「や、やめて下さーい！」

ばっと目を覚ます。

と、真緒の横に座っている男性が、真緒を起こしていたのだ。

「すみません、スヤスヤ寝てたところを起こしてしまって。その本、読まないのなら、借してくれませんか？　少し待っていたのですが、どうしても早く知りたいことがありまして。その～、喉に何かが詰まってるって感じで……」

「あ？　あ？　管理人さんは貸せないです」

寝ぼけている真緒に、

「は？　水戸黄門です」

「そ、そうね」

本を手渡した。

男性は真緒の横に座ったまま、本をパラパラと捲り、

「あれ？　しおりを知らないかな」

「あの、あれは私のしおりなんですけど」

返事が聞こえないのか、

「どのページだったかな。しおりは役に立つね、分からなくなってしまった」

「でも勝手にずらされたら役に立たないわ」

「そうだよな、ずらすなんて意地悪だよ」

「あの～、あなたがずらしたんだと思いますけど」

「そうか、それは、つじつまが合う」

「……お腹すいたわ」

「それも道理だ」

へんてこりんな返事をする人は、すらりと伸びた背に、彫りの深い顔立ちで、日焼けした肌をしている。何だか妙に意味深な雰囲気を持つ。

真緒に目線を合わせ、篠原一生、と名乗った。

「サンドウィッチを作って来たから、一緒に食べる?」

一生は、リュックの中を見せた。

「あら、お弁当箱だわ。あなたが作ったの? 三角かしら、四角かしら。じゃ私はコンビニで、おにぎりとジュースを買って来るわ。少し待ってて」

赤い自転車を必死でこいだ。下り坂は面白い。イェ~イ! イャッホ~!

「早かったね」

「うん」

息を切らし、ビニール袋を片手に戻った。

二人は、庭にある一本の木の下の、飾り椅子に腰掛ける。

パクリと一口、口にする。

「おいし~!」

一生も目尻を下げ、モグモグ。

「おいしい~」

真緒は、デジャヴだ、と思った。

昔訪ねたことのある土地の風に揺れる木の下で、一生が私を待っていてくれる。

私は、一生の下に走った。

そして二人並び、サンドウィッチを食べている。そう、景色を香りを懐かしく感じるのだ。

篠原一生は、沖縄在住で二十六歳、画家だと言った。油絵の道では有望な男だと、期待されているらしい。

今回は、従兄弟の家に、気晴らしに遊びに来ているらしい。

「君、一度油絵を描いてみないか」

「描けないわ」

急に不安顔になった真緒に、

「それなら、表現すればいいさ！」

と言って腰を上げ、

「少し待って、道具を持って来るよ！」

足早に走って行った。

目の前の古い屋敷の中に消えた。

しばらくすると、丸筆、平筆、絵の具、溶き油、パレット、そしてキャンバスを抱えて戻って来た。

庭のあじさいを描いてみて、と言う。

基本だけを説明され、後は自分で発見しろ、苦労はしなくていい、と言う。

言い返す暇もなく、辟易しながらも、言われた通りに筆を持ち、知識も技法もないなかで、キャンバスにめいっぱいのあじさいを描いた。

夕日は赤々と映え、明日の天気を予想させる。

真緒は、荒い呼吸で筆を下ろし、一生に目線を合わせた。

「お～、これは素晴らしい！　あじさいが生きているよ！　こっちを見て笑ってるよ！　素晴らしい、君は魔法使いだよ」

「は？　何？」

「血だよ、血。君は血でこの絵を描いた。本能っていうのかな」

「本能？」

真緒は、祖父からの誕生日プレゼントを思い出した。

あれは、十代前半の頃だ。

家族でお祝いをしてくれた。ケーキを囲み、色とりどりのローソクを吹き消すと、祖父からプレゼントを渡された。

その年は、水彩絵の具、筆、パレット。それから、祖父自筆の詩だった。

父は、その祖父の詩を読み上げ、「まだまだだな」と言っていた覚えもある。

それは、短い詩だった。

美しき代々の樹木から

細き枝葉に分かれしも
まさに実のある花に咲かんとす
つぼみが蛇の道に迷うても
いずれ血の流れには逆らえぬ
我、大きな花を咲かせと望む
父に負けぬ大輪のつぼみよ

真緒は、焼ける夕日を瞳に映しながら、一生に祖父の話をした。

すると、一生は、

「うん。君に贈った詩に間違いないね。おじい様が伝えたい謂は、きっとこうじゃないかな。自慢の御先祖から生まれた君は、おじい様自慢の孫娘なんだよ。君を花に例えてる。迷い道っていうのかな、人として、人の行なうべき正しい道から外れてしまったとしても、結局は元に戻る。君は、きっと良い家系に生まれたんだと思うよ、おじい様曰く、血筋は反覆出来ないからね。そして自分の息子、君のお父様よりも素晴らしい女性になることを願っておられる」

一生は、道具をしまいながら話し続ける。キャンバスを両手で持ち上げ、

「しかし、このあじさいは面白いよ。俺が苦しいこと、悲しいことがあった日は、この君の描いた絵を見るよ。俺を励ましてくれそうだ。楽しい日は、より楽しくさせてくれそうだ。そう

だ、アトリエに置こう!」

これが二人にとっての美しいめぐり合いであった。

20

最近では、奈々の言う「私は世界一幸せ」や、喜代美の「私は楽しい」という言葉がしみじみ分かる。

今まで過ごした時間はぼんやりとし、うすっぺらい人生に思えた。二度と戻らない過去の時間を、一時も惜しみなく謳歌したかったと、慨嘆する。

奈々と健二は結婚した。

喜代美は夢を追い続け、今は日本料理店の厨房で、板前の見習いをしている。

典子は、相変わらず真緒をかわいがり、真緒は典子に甘えている。また温泉に行こうと、計画を立てている最中だ。

木枝は、真緒にゴールデンレトリバーをくれた。雄だ。「フラフラと心ない男遊びをするくらいなら、このかわいい犬と遊べ」と言われた。清二と二人で、〝ジャック〟と名づけ、いまは家族の一員になっている。

「アトリエ、一度見てみたいわ」

「あぁいいよ、十日後には帰る予定だから遊びにおいでよ」

「十日後……淋しくなるわ」

真緒は、自分で言った素直な気持ちに驚いた。

「じゃ、僕、近いうちに、こっちに引っ越して来ようかな」

「本当に？」

「あぁ、君さえ良ければ」

「じゃ、すぐに帰って来て」

「すぐに、帰るよ、ここに戻って来るよ」

「やったー！　嬉しい！」

飛び上がって喜ぶ自分に、自分で驚いてしまう。

一生は尋ねた。

「明日も会えるかな？」

「夜なら会えるわ、会いましょ！　次の日も会えるわ！　そうだ、三日後は会社の休みを取るわ。朝から会えるかしら？」

「会えるさ！　朝から会おう！」

三日後、朝から晴れた。

真緒は、両手でカーテンを開く。

「何？　何？　このトキメキは？　そう私、トキメイてるわ！」

胸のトキメキに驚き、その驚きに一層驚き、ドキドキしている。

シャワーを浴び、カジュアルな服に着替える。ヘアスタイルを決める。眉を整える。パール入りのパウダーを軽く叩き、キュートなオレンジ系のゴロスで立体感を出す。

はしゃぐ心はバカンス気分、お気に入りのオレンジのシューズを履く。

待ち合わせの図書館の前で、一生はもう立って待っていた。

「おはよう」

「おはよう」

とオウム返しをする。

一生が従兄弟から借りてきた車に、胸を高鳴らせながら乗り込んだ。いきいきとした表情の一生に、真緒は、ドライブしたいと注文した。

「オーライ！　お嬢さんの申し付け通り！」

一生はハンドルを握り、私道をゆっくり進み、そして公道へ出る。

「どちらの方角へ？」

「あっちよ」と岐阜方面を指さした。

「イエッサー！」

一生は、すいすいと車を追い抜いて走る。

二人は、右へ左へと大袈裟に体を傾けてみせる。

「そうよ、先頭を走りましょ！」

「イエッサー！」

息がぴったりだ、と真緒は思う。出合って四日目だというのに、こんなに楽しいなんて夢にも思ってなかった。

一生は、車を走らせながら、真緒の右手をつかんだ。胸がキュンと締め付けられる。

真緒は、赤信号で隣に停車する車の運転手と目が合うと、「どうよ、どうよ」と見せつけたくなる。この気持ちは膨らんでくる一方だ。肌が火照る。真珠の輝きをみせる。

信号は赤から青に変わる。一生は、ゆっくりとブレーキから足を外す。

二人は、目と目を合わせながら、

「ゴー！」

山の見える方を向き、同時に声を掛けた。

すぐに前の車に追い付いてしまう。

「こんな窮屈な道では、つまらないわ」

「そうだよな。そうだ、今度ドイツへ行こう」

一生が指をさす方向には、遥かな世界が待ちうけている。

青空は二人を、おびき寄せた。

二人の天性の明るさと好奇心は、誰にも止められない。

十日後、一生は帰宅した。

後日、一生に呼ばれ、真緒は沖縄へ出向き、アトリエを見学し、青い海と青い空を楽しむ。

その後の二人は遠距離恋愛だが、心は一時たりとも離れない。

そして、楽しい時は過ぎ、半年後、本当にドイツへの出発の日がやってきた。

21

成田空港で待ち合わせた二人は、人目も構わず抱き合った。

「さぁ、フランクフルトまで十二時間の直行便だ！」

「えぇ、楽しみにしていたわ！」

フランクフルトに着き、予約したホテルで一泊する。

朝日は昇り、午前中からハイデルベルグを訪ねる。

かつてライン選帝侯の居城であったハイデルベルグ城や大学広場に向かう。

目に飛び込む美しい景色。腕と腕を絡ませて寄り添う二人は、込み上げる感動を体中で感じる。

赤いレンガ造りの家や石畳の小道。そのたたずまいは風情を醸しだす。この夢と憧れの詰まった街並みを、どう文字にあらわせば良いのか、真緒は三百六十度回転しながら歩きたい気分だ。

一生は、真緒の心情が熱く伝わったのか、真緒の手をギュッと握り締める。

「さすがに芸術の都市だよ。歴史を物語る。ゲーテも憧れたはずだ」

「ゲーテ、なんて素晴らしいの。私たちと同じ場所を訪ねたのね。私も気持ちが昂って抑えられないわ！」

「僕もだよ。黄昏時はきっともっと美しいと想像するよ」

「黄昏時？　きっと素敵だわー」

真緒は、一生の手を離し、一生の左腕を両手でわしづかみにし、高鳴る鼓動を感じさせようと自分の胸に押し当てた。

夕日が傾く頃には、ハイデルベルグ城に上がった。

小高い丘の上にあるハイデルベルグ城からはネッカー河や街並みを一望できる。

二人の頬は街並みと共に、赤く照らされた。

そして夕食はレストランで。ドアを開き、地域住民の仲間に加わり、ワインを傾ける。以心伝心、二人は口の端をキュートに上げながら、先ほどの夕日に照らされたお互いの麗しい姿を思い浮かべ、胸を震わせながらクスクス笑う。

「真緒、好きだよ」

「私も一生が好き」

二人はテーブルを挟み、アドレナリンを放出させた。

そして、リッチとは言えないが、ホテルに戻り、明日を待ち望む。

朝日は、二人の目を覚ます。

お腹もすいて、パン、コーヒー、ウインナーをおかわりする。

「ようし、今からドライブだ！」

「わぁ〜、ロマンチック街道ね。渋滞はないわ。街道沿いは、田園地帯なんでしょ？」

「さあどうかな？　行ってみよう」

二人は、すいすい優雅にロマンチック気分だ。

「緑の森の中にいるみたいね」

真緒は前方を見渡し、

「ほら、見て見て。家がかわいい！」

真緒は腰を浮かせっぱなしだ。

「そうだよね、本当に赤い屋根がかわいらしいよ」

一生も前方を見渡す。

「ねぇ予約したホテルには帰れるわよね?」

あまりにも遠くに来たようで不安になる真緒に、

「さぁどうかな、僕も初めてだし、分からないよ。ま、どうにかなるさ」

「そうね、道は続いてるわ、レッツゴー!」

「イエッサー!」

目と目を合わせ、心は果てしなく広がってゆく。

街道を通り、アルプスの麓フッセンへ向かう。ロマンチック街道の終着点には「白鳥城」がある。

二人の瞳に、ノイシュバンシュタイン城の純白が広がる。

「うわー、素晴らしい! 厳のごとしという意味の通りね。まさしく、厳のごとき白鳥城よ!」

「あぁ、愛称そのままだ。優美だ。まさしく優美を誇っている」

一生は、キャンバスを設える。

ノイシュバンシュタイン城を描く気か。

真緒は一生の隣に腰を下ろし、大学ノートを取り出す。

蛍光オレンジの光を放つ妖精が
金の弓を　愚昧の館に鏃を向ける
矢は燃え上がらせ
飛来せん
矢は命中し、崩れ落ちる　館の色は
不吉な色をギラギラさせ
炎と共に　消えうせた

蛍光オレンジの妖精達よ
清き幸ある　館の部屋へ
ようこそ　おいで下さいました
皆で晩餐　いたしましょう
夜明け近くまで　舞っておくれ
恵みの光を　さんさんと散らしておくれ
さあ甘いキューピットに感謝し
恋心の歌を　歌いましょう

二人は、ミュンヘンで五泊を過ごし、帰宅した。

そして、一生は出合った日に発した言葉通り、名古屋に移住した。

二人の未来は、色あせることなく、永遠に続くのであろう。

ドイツでは、一生が絵を描く隣に真緒は座り、大学ノートを片手に好きな詩を書きつづった。

その後、この二人の姿は、どの国にいっても変わらなかった。

真緒の外国旅行の夢は、こんな形で叶ったのである。


（完）

本作品はフィクションであり、
登場人物、団体等は実在するものとは一切関係ありません。

著者プロフィール

義 万恵（よし かずえ）

1963年　愛知県生まれ

孤独な館

2004年7月15日　初版第1刷発行

著　者　義 万恵
発行者　瓜谷 綱延
発行所　株式会社文芸社
〒160-0022　東京都新宿区新宿1－10－1
電話　03-5369-3060（編集）
03-5369-2299（販売）

印刷所　東洋経済印刷株式会社

ISBN4-8355-7684-5 C0093